몸몸

wefic

몸몸

박서련

위즈덤하우스

차례

이것도 다 거품이면 좋겠다. 물에 녹아버리게.

레버를 올리고 쏟아져 내릴 물을 기다리는 아주 짧은 시간 동안, 그런 생각이 문득 들었던 것 같다. 물은 조금 차가웠다. 나도 모르게 한 손으로 배꼽을 가리며 몸을 숙이고 냉온수 레버를 움직였다. 등을 두드리는 물줄기의 온도가 내 마음에 들 때까지. 몸을 곧게 펴고 배꼽을 가리고 있던 손을 뗐다. 샤워기 물줄기는 주로 가슴 가운데에 부딪친 후 흘러내리며 배꼽을 지나쳤고 더러는 정확하게 배꼽을 겨냥해 꽂혔는데 그렇게 직접 물을 맞아도 아프기보다는 간지러웠다.

잘 아문 걸까? 간지러워도 되는 건가?

샤워기를 손에 들고 목 언저리와 겨드랑이, 가슴 밑, 허벅지, 종아리를 차례로 훑었다. 간신히 몸을 붙들고 있던 비누 거품이 물에 닿아 푹푹 꺼지며 바닥으로 흘러내렸다. 머리카락과 함께 소용돌이치며 한곳으로 모여드는 거품을 멍하니 보다가 욕실 의자에 한 발을 얹고 샤워기를 사타구니에 갖다 댔다. 사실 밑물 할 때는 물줄기를 직접 대는 게 아니라지만, 이렇게 안 하면 후련하지가 않다니까. 손빨래라도 하듯 빠르게 손으로 다리 사이를 훑어낸 후 손을 씻었다. 날이 더워서인지 따뜻한 물로 씻었는데도 김이 보이지 않았고 코와 입 안으로 끼쳐 들어오는 습기만 묵직했다.

아 맞다, 새로 산 바디 미스트.

수건으로 머리를 털며 우당탕 방으로 달려가 화장대에 놓인 바디 미스트를 허겁지겁 뜯었다. 용기 후면에 '샤워 후 30초, 수분을 피부에 가두는 골든 타임'이라고 적혀 있었다. 그 문구 하나에 마음이 흔들려 산 제품이었기에 그대로 하지 않으면 의미가 없을 것만 같았다. 한쪽 어깨에서 팔로 칙, 허벅지에서 정강이로 칙 분사하고 다른 쪽도 똑같이 한 후, 조금 망설이다 가슴에서 배까지 또 한 번 뿌렸다. 혹시나 싶어서 한쪽 손으로는 배꼽을 가렸다. 피부에 앉아 있는 클린 코튼향 액체를 양손으로 토독토독 두드리며 '리추얼'이라는 말을 떠올렸다.

요즘 많이 쓰던데, 리추얼이라는 말.

웹 서핑을 할 때마다 자꾸 똑같은 바디 워시 배너 광고가 떴다. 실수로 커서를 스치기만 해도 동영상이 나오는 광고였다. 모델은 그것이 마치 트로피나 왕홀이나 고대의 우상이라도 되는 듯이 양손으로 신성하고 소중하게 떠받든 채 등장했고, 이윽고 로즈골드 색깔의 끈적한 액체가 플라스틱 용기로부터 새어나와 뱀처럼 유연하고 종잡을 수 없는 몸놀림으로 모델의 팔에 흘러내렸다. 구불거리며 번져온 묽은 금은 삽시간에 모델의 몸을 감쌌고, 잔잔하게 흐르던 음악 소리가 극적으로 바뀌며 장면도 변했다. 파르테논 신전 앞에 놓인 욕조에 몸을 깊숙이 누인 채 도취적으로 눈을 감고 있는 모델의 얼굴. '나의 몸을 숭배하는 나만의 리추얼'. 화면에는 한국어 광고 문구가 떴고 성우가 똑같은 문장을 영어로 읊었다. 잘은 모르겠지만 대충 워십, 바디, 리추얼 같은 단어가 들어갔으니까 아마 맞겠지. 그런데, 그래서 그게 뭐냐고, 리추얼이라는 게 대체. 광고를 보다가 보다가 짜증이 나서 찾아보니 성스러운 관습, 규칙적인 의식이라는 설명이 나왔다. 제사…… 같은 거 말하는 건가? 그래서 그리스 신전인 건가. 하지만 '나의 몸을 숭배하는'이라는 말은, 도대체. 광고의 의미를 알 것 같기도 했고 아닌 것 같기도 했다.

나도 지금 리추얼 하고 있는 건가?

몸에 묻은 미스트가 더는 끈적하게 느껴지지 않을 때까지 토닥토닥 두드리다 입을 옷을 꺼냈다. 주머니가 달리긴 했는데 무심코 거기다 휴대전화라도 넣으면 무릎까지 훌렁 내려가는 반바지와 목이 너무 늘어나 머리를 꿸 때 아무 저항감도 들지 않는 티셔츠를 입고 침대에 벌렁 자빠졌다. 베개

말을 더듬어 집어 든 휴대전화 화면에는 새 메시지가 371개라는 알림이 떠 있었다.

참나, 미친년들. 또 뭘로 그렇게 입방아를 찧는담.

고등학생 때부터 가장 절친하게 지내온 친구들이 속한 메신저 채팅방의 이름은 '개년들'이었다. 개 잘 먹고 개 잘 놀고 남자 개 밝히고 존나 웃기는 년들. 휴대전화 잠금을 해제하기 직전까지도 새 메시지는 속속 도착하는 중이었다. 채팅방에 들어가니 그 전까지 대화에 참여하지 않은 사람은 나뿐이었는지 대화창에 남아 있던 메시지 확인자 수 표시가 모두 사라졌다. 친구들도 그걸 눈치챈 모양이었다.

어? 낌지 떴다.

낌지 지금 본다.

다섯 명이 동시에 그러니 조금 우습고

기가 질렸지만 그저 자연스럽게 왜 그러냐고, 내 얘기 하고 있었느냐고만 물었다. 정적이 흘렀다. 내가 보낸 메시지도 전부 확인한 것이 분명했는데 그 뒤 수 분간 아무도 말이 없었다. 왜들 이러지? 그냥 말하지. 어차피 나한테 숨기는 것도 없을 텐데. 대화 맥락을 파악하느라 스크롤을 올려 지난 대화 내용을 보던 도중에야 새 메시지가 왔다.

낌지 지흡 했다며?

마침 한참 위로 거슬러 올라가던 내 대화방 스크롤도 바로 그 이야기가 나오기 시작한 지점에 멈추어 있었다. 아 됐고 니네 이번 주말에 뭐 하냐, 술 마실 사람? 한 명이 소집령을 내렸고 두 명이 합류 의사를 밝혔고 두 명은 아직 잘 모르겠다며 각만 쟀다. 거기서부터 내 이름이 언급되었다. 낌지는 뭐 함? 걔가 똥을 끊지 술 먹는데 낌지가 빠질 리 있음? 누군가 그렇게 말했고 나머지들은 맞장구를 쳤다. 뭘 또 그렇게까지, 내가 무슨 술이라면 눈이라도 까뒤집고 덤비는 인간인 양.

야, 안 돼…… 낌지 술 못 마셔.

짱유였다. 찬물을 끼얹듯 그런 말을 꺼낸 사람은. 엥? 낌지가 술을 못 마신다고? 왜? 놀란 친구들이 벌떼처럼 들고 일어나자 짱유는 우는 이모티콘까지 쓰며 덧붙였다. 아, 너네는 몰랐어? 응…… 낌지 저번 주에 수술했어. 여운이 남는 화법 탓에 반응이 한층 더 거세졌다. 뭐? 진짜? 낌지 아파? 어디 아픈데? 입원해 있어? 친구들은 당장 택시라도 잡아 병문안을 할 기세였다. 당일에 퇴원한 걸로 알고 있어. 실밥 오늘 푼다던데? 그 말에 짱유는 웃는 이모티콘을 붙였다. 울다가 웃다니 이거 완전 또라이 년 아닌가.

친구들은 여전히 호들갑이었다. 실밥을 푼다고? 교통사고라도 났어? 그리고 드디어 그 말이 나왔다.

아니, 지방흡입 했거든.

그 전 메시지와 직후 메시지 사이의 시간 간격으로 보아 이때도 잠시 정적이 흘렀던 것 같다. 이윽고 ㅋ 자음 폭격이라도 일어난 듯 'ㅋㅋㅋㅋㅋ' 파티가 열렸다. 손이 부들부들 떨리고 팔뚝 바깥쪽으로는 오싹오싹 소름이 돋았다. 뒤통수와 이어진 목뼈에 거의 통증에 가까운 아찔함이 맴돌았고 눈앞이 지나치게 밝아졌다 어이없도록 어두워졌다를 반복했다. 짱유가 결정타를 날렸다. 얘들아 너무 웃지 마. 낌지 민망할 텐데.

폭로자가 짱유인 건 당연하다면 당연한 일이었다. 애초에 지방흡입 얘기를 해둔 게 짱유뿐이었으니까. 하지만 비밀이라고,

누구에게도 말하지 말아달라고, 차라리 나랑 모르는 사이인 네 대학 친구나 직장 동료에게라면 몰라도 개년들한테는 절대 말하면 안 된다고 내가 몇 번이나 강조했는데. 메신저 하단에 실시간 메시지가 표시되었다. 개년들은 다시 'ㅋㅋㅋㅋㅋ'를 연타하고 있었다. 한참을 일제히 웃다가 겨우 한마디를 누가 했다.

근데 낌지 뺄 데가 어딨냐?

그제서야 개년들은 맞아 맞아 하고 거들었다. 헛웃음이 터져 나왔다. 신나게 때릴 거 다 때려놓고 이제 와서 미안하다면 다냐? 살면서 처음 느껴보는 강도의 수치와 분노였지만 다행히 메신저 대화니까, 실제로 얼굴 보고 얘기하는 건 아니니까 아무렇지도 않은 척 말했다. 얘들아 제발 소문내지만 말아주라. 장난스레 이모티콘까지 붙였지만 혹여 소문이 나지는 않을까 진심으로 겁이 났다. 개년들은 또 한바탕 활자로 폭소한 후 한마디씩 툭툭 던졌다. 야 그게 부끄럽냐? 진짜 섭섭하다, 우리한테 내외하냐? 왜 짱유만 알고 있었냐? 그게 뭐라고 우리한테까지 숨기냐?

너네는 기억 안 나냐? 고1 때 존나 티 나게 쌍수 하고 온 애 전교생이 한 학기 내내 따돌린 거.

양손 엄지를 바쁘게 놀리다 다 지우고 아 좀 봐주라…… 라고 썼다. 우는 이모티콘을 붙이며 장난인 척 말했지만 둘도 없이 절박한 진심이었다. 제대로 대답하는 사람은 아무도 없었다. 그래서 주말에 술 마셔, 안 마셔? 그나마 화제가 바뀐 게 다행인 걸까.

휴대전화를 다시 침대에 던진 다음 옷을 벗었다. 어쩐지 시원하더라니 압박복을 안

입은 것이었다. 촌스러운 원피스 수영복처럼 생긴 압박복을 낑낑대며 껴입은 다음 헐렁한 실내복을 다시 위에 걸쳤다. 침대에 누워 습관처럼 배꼽 근처에 손을 갖다 댔다. 수술 후 붓기 때문인지 배는 이전과 별 차이 없이 불룩했다.

❖

언제부터 배가 콤플렉스였더라? 유치원 때부터 그랬던 것 같다. 다 커버린 지금 와서 생각해보면 그렇게나 빨리? 싶기도 하지만 오히려 어렸기에 알 수 있었던 것 같다. 대여섯 살 먹은 애들끼리 인품을 따지겠는가, 지성을 겨루겠는가. 기껏해야 지나치게 곱슬곱슬한 머리카락, 잘 보이는 곳에 딱 박힌 큰 점, 이렇게 다른 애들하고 너무 달라

눈에 띄는 신체적 특징을 관찰하고 발견하고 놀림거리 삼을 뿐이지.

유치원 친구들은 대체로 말라서 팔다리가 거의 막대기 같았고 나도 예외는 아니었다. 나는 키까지 커서 왜 그렇게 말랐냐는 소리를 다른 애들의 두 배는 더 듣고 다녔다. 하지만 팔다리가 삐죽삐죽 마른 애들은 모두 배도 납작했다. 그것만은 내가 예외인 부분이었다. 금붕어처럼 배가 볼록 나온 애는 나 말고 없다는 것을 깨닫고부터 옷을 갈아입을 때는 벽을 보게 됐다. 여름 캠프, 겨울 재롱 잔치, 생존 수영 배우는 날까지. 누가 먼저 눈치채고 놀린 게 아니라 내가 먼저 알아차리고 숨긴 게 그나마 다행이었다.

물론 그때도 특출나게 통통한 애들이 있었다. 그런 애들은 일단 드물기도 했고, 나의 비교 대상으로는 적절하지 않게 느껴졌다. 나는 뚱뚱한 게 아니라 배만 좀 나온 거였으니까. 특별히 큰 사이즈 옷을 입어야 할 정도도 아니고, 숨을 흡 하고 들이쉬면 일시적인 눈속임이나마 가능하고, 다른 애들과 비슷한 크기의 옷으로 그럭저럭 숨길 수 있는 콤플렉스였으니까. 뚱뚱하다고 놀림을 받고 우는 애를 보면 불쌍하다는 생각을 했지, 공감 같은 건 전혀 하지 못했다. 안됐다. 엄마가 어릴 때 통통한 건 체질 때문이라고 했는데. 키 크면 살 빠질 수도 있다고 했는데.

엄마 말이 반절은 맞았다. 체형은 나이를 먹는 동안 계속해서 변해가는 것이었다. 중학교 때쯤 같은 유치원에 다니다 다른 초등학교에 진학한 아이들을 다시 볼 수 있었는데, 통통하던 애가 몰라보게 길쭉해져 있기도 했고 작고 깡말랐던 애가 불쑥 살이

쪄 있기도 했다. 그렇지만 모두가 완전히 변한 것은 아니었다. 날씬하던 애들은 줄곧 날씬했고 키가 작은 애들은 변함없이 작은 경우가 많았다. 그게 바로 체질이라는 거겠지. DNA에 새겨져 있는, 타고난 체형.

크면서는 또래 가운데 통통하거나 뚱뚱한 애들의 비율이 점점 늘어갔다. 엄마는 나이 먹어 뚱뚱한 건 생활 습관이 잘못된 것, 즉 게으른 탓이라고 했다. 그럼 나는? 남들 버스 타는 거리를 늘상 걸어 학교에 다니고 딱히 군것질을 좋아하지도 않으며 잠도 잘 자는 나는 왜 배가 나오는 거지? 알고 보면 그것도 체질이었다. 타고난 건 어쩔 수 없다고 염불을 외는 엄마도 그 또래치고는 키 크고 팔다리가 늘씬했지만 배만큼은 옛날 영화에 나오는 외계인처럼 불룩했으니까. 그런 엄마를 나는 비극적으로 닮아버렸으니까.

인정할 건 인정하고 감사할 것은 감사해야 했다. 남들은 아무리 크고 싶어도 못 크는 키와 별 노력 없이도 매끈하게 잘 유지되는 팔뚝, 허벅지 라인을 물려받은 건 그럭저럭 자랑거리가 될 만했다. 전신 비만 체질이 아니라, 적어도 옷 입으면 가려지는 부위에만 살이 찌는 체질을 물려받은 건 행운이었다. 다들 고만고만한 어릴 때는 잘 티가 안 났지만 중학교, 고등학교 갈 때쯤엔 친구들의 부러움을 샀다. 옷발 하면 낌지, 낌지 하면 옷발이라고들 했다. 옷 아래에서 심각한 고민거리가 잘 숙성되어 오븐에 넣은 빵 반죽처럼 부풀어 오르고 있다는 사실은 아무도 몰랐다.

그래도 배보다는 가슴이 더 나와 있어야 되는 거 아닌가?

그런 고민이 들기 시작한 것은 대학

시절, 처음 사귄 남자애하고 1박 2일로 안면도에 갔다 오기로 했을 때. 하루 외박을 끼고 여행을 가자는 말이 무슨 뜻인지는 누가 알려주지 않아도 알 수 있었다. 올 것이 왔구나. 정말이지 그런 비장한 심정이었다.

외박 알리바이는 엄마하고도 구면인 개년들한테 맡기고 센스 있는 여자친구가 되고 싶어 드럭 스토어에서 초박형 콘돔도 사두었지만 남자친구 앞에서 옷을 벗는 상황을 상상하면 무섭기만 했다. 내 웃옷이 바닥에 툭 떨어지는 순간 남자친구가 헉 하고 감탄하는 게 아니라 힉 하고 놀란 표정을 지으면 어떡하지. 그건 상상할수록 구체적이고 실감이 나는 괴로운 장면이었다. 이따금은 나조차도 전신 거울 앞에서 놀라곤 했으니까. 히익 배가 왜 이래? 여행을 2주 앞두고 레몬 디톡스 다이어트를 시작했다. 레몬즙과 메이플 시럽, 카옌 페퍼만 탄 물 2리터 외에는 아무것도 먹지 않는 단순 무식한 방법이 마음에 들었다. 체중계 수치로는 3킬로그램이 줄었지만 외견상으로는 큰 변화가 일어나지 않았고 어쩐지 팔다리만 더 앙상해져 배가 더 나와 보이는 듯했으며 이후로 레몬이라면 냄새만 맡아도 토할 것 같은 부작용을 얻었다.

여행 직전까지 극단적인 단식을 유지했기 때문에 바닷가에서 사 먹은 조개구이가 세상 맛있게 느껴졌다. 당시 남자친구는 제법 매너가 좋은 애였던 것 같다. 겨우 스무 살치고는. 남자친구는 내가 잘 먹어 보기 좋다며 조개가 익는 족족 발라 내 앞접시에 먹기 좋게 올려주었다. 게걸스레 먹고 밤의 해변을 산책하다 생애 최악의 복통을 느끼며 숙소로 돌아갔다. 펜션 현관 나무 데크

위에서 여자친구로서의 위신은 둘째치고 인간으로서의 존엄성도 잃을 뻔했다. 간신히 화장실까지 들어간 건 다행이었지만 위로 토하고 아래로 쏟아내는 폭풍 같은 시간이 길게 이어졌다. 몇 시간이나 흘렀을까. 폭포는 멈추지 않았지만 몸은 고통에 익어 심심해졌다. 휴대전화라도 들고 들어올 걸 싶었지만, 아직 몸을 보여준 적도 없는 남자친구한테 배설 장면부터 보여줄 수는 없었다. 덕분에 태어나서 가장 철학적인 사고를 바로 그때 그 순간에 할 수 있었다. 나는 누구인가, 나는 왜 여기의 나인가. 사람이 우주에도 가고 생리 시작도 연기할 수 있는 이 시대에 어째서 뱃살 같은 건, 하다못해 토사곽란 같은 건 어쩌지를 못해 이따위 사태를 야기하는가.

그런데도 했다, 그 와중에 했다. 더는

나올 것도 없을 때까지 변기를 끼고 있다가 침대로 돌아갔는데 기다리다 잠든 줄 알았던 남자친구가 문득 손을 잡았다. 나는 이렇게 엉망인데도 너는 나를 사랑하는구나, 그런 생각에 눈물이 핑 돌았는데 남자친구가 내 손을 자기 사타구니로 가져갔다. 남자친구의 그것은 발기해 있었다.

정신이 번쩍 들어 목욕재계하고 돌아온 다음, 하기로 마음먹었던 일을 끝마쳤다. 긴장되고 아프고 생각보다 빨리 끝나는 일이었다. 남자친구는 곧 등을 돌리고 잠들었지만 나는 직전에 일어난 그 일에 대해 곱씹느라 한동안 잠을 이루지 못했다. 일단은 해냈다는 생각이 들었다. 친구들, 그러니까 고등학교 때부터 친했던 여섯 명 중에서는 세 번째. 중위 그룹 겸 선두 그룹이라고 할 수 있었다. 먼저 해낸 애들의 증언으로는 처음에는 아프지만 나중에는 기분이 좋아진다고 하던데, 내 경우는 기분이 좋기도 전에 끝나버린 것 같아 조금 억울했다. 해낸 것까지는 좋지만 별로였다고 하기는 꺼려졌다. 그냥 나도 좋았다고 해야겠다고 마음먹으며 잠을 청했다. 사실은 별로 좋지 않았지만. 이런 걸 또 하고 싶을 리가 없다고 생각했지만. 레몬 디톡스를 하느라 눈앞이 노랗게 뜬 와중에도 상대방이 실망할까 봐 겨드랑이와 사타구니 털을 깔끔하게 정리한 나와 달리 남자친구는 까맣고 깡마른 팔다리와 그 사이에 무성하게 난 털에 전혀 손도 대지 않은 게 너무너무 신경쓰였지만.

한편으로는 남자친구가 함지박만 한 내 배에 대해, 그렇게 싸고 토해댔는데도 전혀 줄어들지 않은 덩어리에 대해, 개의 어설픈 애무 사이사이 말미잘이 오무라들듯 손을 피하며 안쪽으로 함몰되는 나의 작은 동산에 대해 아무런 코멘트도 하지 않은 것을 고맙게 여겼다. 역시 좋은 애야. 애랑 오래 만나야지. 그렇게 다짐했으나 걔는 그다음 학기가 시작될 무렵 군대에 갔고 걔가 일병으로 진급한 지 얼마 되지 않았을 때 나는 이별을 통보했다. 적어도 내가 아는 한은, 걔와 나 둘 중 어느 쪽도 우리의 헤어짐에 대해 아쉬움을 느끼지 않았다.

지금 빼내는 지방은 다 피하지방이지 내장지방하곤 아무 관계도 없으세요. 인바디 결과 보셔서 아시겠지만 고객님, 마른 비만은 내방지방이 무서워요. 관리는 꾸준히 해 주셔야 돼요.

병원 실장이라는 여자는 학습지 선생님처럼 빨간 색연필을 들고 체질량 지수 측정 용지에 동그라미를 쳐가며 설명했다. 나는 색연필 끄트머리와 실장의 입술을 번갈아 쳐다보고 있었다. 이번 여름 유행이 레드 립이던가. 이 사람 연예인 누구 닮았는데, 그게 누군지 도통 생각이 안 나네.

지방흡입은 다소 충동적인 선택이었다. 인터넷에 올라온 다이어트 후기 글을 보다가 공감을 느낀 구절이 있어서였다. 지금까지 인류에게 알려진 다이어트 방법 중 시도해보지 않은 게 없다는 말, 다종다양한 다이어트를 시도한 끝에 낭비한 돈이 기백만, 아니 천만 원대는 될 거라는 말. 글쓴이가 선택한 마지막 방법은 정공법, 즉 운동량을 늘리고 식사량을 줄이는 것이었지만 나는 글 맨 끝에 나온 성형외과 광고 배너를 클릭했다.

잦은 다이어트 실패로 과체중에서 중도비만이 되어버린 글쓴이와 달리 나는 뱃살만 빼면 되니까. 앞으로 살면서 다이어트에 투자하게 될 자본이 수백만 원에 달한다면 차라리 그 돈을 한 방에 쓴다고 치고 표적 부위만 정확하게 조지는 게 효과적일 테니까.

살면서 이렇게까지 확신에 차 있던 적이 얼마나 되지? 신사역으로 가는 지하철에 몸을 실은 채 그런 생각을 했다. 친구들이 잘 가르친다고 해서 다닌 학원, 수능 점수에 맞춰 들어간 무난한 대학과 그럭저럭 전망이 괜찮은 전공, 대충 나더러 좋다고 하길래 따져보니 같이 다니기 쪽팔리진 않을 듯해서 만났던 남자들, 지원서 수백 장을 살포하고서야 겨우 얻어 최선도 차선도 아닌 직장. 지나온 선택들에 비하면 이건 혁명적이라는 느낌마저 들었다. 나는 거의 평생을 시달려온 콤플렉스로부터 벗어나 새로운 사람이 되고 말 것 같았다.

거의 인생 최초로 맛본 완벽한 낙관은 지하철역을 벗어나면서부터 차츰 줄어들다가 전화로 예약한 병원에 한 발 들여놓는 순간 푹 꺼졌다. 신사역에는 지방흡입 전문병원이 수천 개 있었고 병원 로비에는 직원이고 손님이고 할 것 없이 머리통이 내 주먹만 한 여성들만 앉아 있었다. 좀 더 알아보고 왔어야 하는 게 아닐까? 오면서 본 지흡 후기에는 지방흡입에도 소위 '명의'라는 게 있다고 하던데, 잘하는 병원에 가야 라인을 잘 잡아준다고 하던데. 아니, 이렇게 연예인 같은 사람들만 오는 병원에 감히 나 같은 게 들어가도 되는 걸까? 나는 여기 오기 전에 다른 성형부터 했어야 하는 게 아닐까?

지레 겁먹고 도망치기 전에 실장이라는

사람에게 붙잡혔다. 어떻게 오셨냐고 하기에 우물쭈물 전화로 예약하고 온 사람이라고 하자 실장은 나를 탈의실로 데려가 가운으로 갈아입히고 체질량 지수를 재게 했다. 그때까지도 나는 달아날 수 있는 가능성을 재고 있었다. 일단 소지품을 압류당한 셈이어서 쉽지는 않겠지만, 다음에 하겠다고 해보자. 너무 성급하게 결정할 필요는 없잖아, 아무리 그래도 이것 역시 수술인데.

고객님, 전형적인 복부비만이시네요.

실장은 나를 상담실에 앉히고 내 체질량 지수 측정 결과 용지를 내밀었다. 양식 자체는 헬스클럽에서 무료로 해주는 인바디 결과와 크게 다르지도 않았지만 실장은 용한 무당처럼, 나 같은 민간인의 눈에는 안 보이는 무언가가 더 있는 것처럼 심각하게 동그라미를 치며 차근차근 말했다.

마른 비만에 복부비만은 다른 비만 체형보다 성인병 위험이 더 높으세요. 미용적으로도 고객님은 거의 모델 체형이신데 복부만 이렇게 지방이 많아서 얼마나 힘드셨을까요.

그 순간 나는 거의 울음을 터뜨릴 뻔했다. 어떻게 아셨어요? 제가 얼마나 힘들었는지. 혹시 실장님도 그런 체질이신가요? 살이 찔 때는 배부터 찌고, 빠질 때는 끝까지 배만 안 빠지는 저주받은 체질 말이에요. 나는 그런 구구한 말들을 늘어놓기보다 고개를 힘차게 끄덕였다. 말하고 싶은 심정은 굴뚝같았지만 내용이 워낙 주책스럽기도 하거니와 입을 떼는 순간 눈물이 왈칵 쏟아질 것 같아서였다.

실장은 내가 수술을 받아야 하는 이유와 수술의 방식과 수술 후 관리법에 대해 상세히 설명한 다음 마지막으로 비용 얘기를 꺼냈다.

자, 이 가격인데, 현금으로 결제하시면 20퍼센트 더 할인이 들어가셔서 이런 가격이 되세요. 상담실 어디 도청기라도 달려 있는 것처럼 실장은 수술비를 종이에 빨간 색연필로 써서 보여주었다. 나는 성형 티가 꽤 나지만 심미적으로는 거의 완벽에 가까운 실장의 얼굴과 그중에서도 단연 돋보이는 레드 립과 말할 때마다 그 빨간 입술 양옆으로 파도 포말처럼 조금씩 밀리며 퇴적되는 하얀 침 자국을 정신없이 보다가 한 박자 늦게 대답했다.

그럼 현금으로 할게요. 계좌 이체인가요?

아뇨, 요 앞에 현금인출기가 있어요.

막판에 결국 수술을 받기로 결정한 이유는 나도 설명하기 어렵다. 나는 그냥 지겨웠던 것 같다. 여기서 도망치면 20퍼센트 할인을 받고서도 결코 적다고 할 수 없는 현금을 아낄 수 있겠지만, 밑도 끝도 없이 사기를 당하는 것 같은 석연찮음을 면할 수 있겠지만, 아무것도 바뀌지 않을 것이었다. 내 배는 변함없이 공세적이고 자기주장이 강해 보이는 전진형 곡선을 그리고 있을 테고 평생 그것을 안고 살아온 나는 앞으로도 여전한 콤플렉스에 시달리겠지. 목욕탕에서, 수영장에서, 남자 앞에서 옷을 벗을 때마다 공연히 흡 하고 숨을 들이쉬겠지만 여전히 배는 나와 있겠지. 언제까지고 그따위로 살고 싶지는 않았다. 콕 집어 어디라고 하기는 어렵지만 여기저기 손을 댄 게 분명한 실장은 얼굴만큼 몸매도 완벽했고 그게 병원의 실력을 증명하는 것처럼 느껴졌다. 사뭇 비장한 심정으로 수술 동의서에 서명하며 나는 결심했다.

이제부터는 모든 게 달라질 거야.

수술을 통해 내가 바꾸려는 건 겨우 불룩 나온 배 하나만이 아니라 이다음부터의 나, 나아가 나의 인생이었다.

이후로는 마치 컨베이어 벨트에 얹어놓은 공산품이 된 듯 수술 공정을 따라갔다. 유출되는 일은 결코 없다는 안내를 받으며 가운을 벗은 몸을 디지털카메라로 찍고 온몸을 줄자로 쟀다. 복부 지흡만 받으려는데 팔뚝이나 손목 둘레는 왜 재는 거지, 궁금해하면서도 간호사가 팔을 들라면 들고 다리를 벌리라면 벌렸다. 원장은 생각보다 젊은 남자였고 하물며는 잘생기고 목소리도 좋았다. 앉아만 있어서 키를 알 수 없는 게 아쉬웠지만, 곧 내 배에서 지방을 추출할 의사인데 그런 건 궁금해해서 어쩌자고. 나는 지레 얼굴을 붉히며, 얼굴이 달아올랐다는 것을 원장이 눈치채지 못했기를 바라며 그가

시키는 대로 일어서서 가운을 열었다. 원장은 이건 곧 지워지니까 신경쓰지 마세요, 라고 하며 붉은색 펜으로 내 배에 의미를 알 수 없는 선을 그었다.

여기, 여기, 여기에서 주로 지방을 추출하게 될 거예요. 캐뉼라는 배꼽을 통해서 들어가니까 흉터 걱정은 하지 않으셔도 됩니다.

캐뉼라요? 그게 뭐죠?

음, 일종의 바늘이라고 할까요? 빨대라고 생각하시는 게 더 상상하기 쉽겠네요. 그걸로 지방을 빨아들일 거예요.

수술 전 회복실에서 대기하면서 짱유에게 메시지를 보냈다. 나 지금 어디게? 나 곧 복부 지흡 받는다. 짱이지. 미쳤어 너무 무서워. 아프려나? 당연히 아프겠지? 대바늘만 한 주사기를 배꼽에 꽂고 사방으로 돌리면서

쭉쭉 빨아들이는 건데. 어차피 전신마취긴 하지만 생각만 해도 끔찍하지 않냐. 아 근데 어떡해. 안 한다고 하기엔 너무 늦었어.

연차를 쓰고 수술을 받으러 온 나와 달리 한창 일하고 있을 짱유는 메시지를 도통 확인하지 않았다. 누구한테든 연락을 해서 초조함을 달래고 싶었던 터라 답장이 없으니 더 안달이 났다. 짱유 말고는 연락할 사람도 없었다. 애인은 없었고 엄마한테는 숨기고 싶었고 나머지 개년들은 치매라도 오지 않는 이상 평생 술안주로 써먹을 게 뻔해 말할 엄두가 나지 않았다. 병원 후기라도 좀 더 검색해볼까 하던 차에 간호사가 노크했다. 올 것이 왔다. 나는 회복실 침대에 휴대전화를 내려놓고 분연히 일어났다.

지흡 전문 성형외과 수술실 간호사들은 로비에서 일하는 실장 외 두세 명의 안내

직원과 달리 거구에 화장기 없는 얼굴이었다. 그건 왜 그런 걸까 생각하며 수술대에 누워 감쪽같이 정신을 잃었다가 깨어났다. 간호사들의 부축을 받으며 회복실로 돌아가는 길에 왜 수술실 간호사들의 몸집이 그렇게 커야 하는지를 저절로 깨달았다. 나처럼 마취에서 막 깨어난 환자를 거의 들다시피 해서 옮기려면 힘이 보통이 아니어야 하는 거였다.

실장이 와서 회복실 침대에서 마음껏 더 주무시다가 기운이 나면 나오라고 했다. 전신마취 기운이 아직 남아 있어 몸에 힘은 없었지만 썩 자고 싶은 기분은 아니어서 두고 갔던 휴대전화를 보았다. 짱유에게 메시지가 와 있었다.

큰 결정 했네.

지금쯤은 수술 끝났겠다.

몸 괜찮아? 죽 사다 줄까?

눈물이 핑 돌았다. 마취약 때문에 감정 기복이 심해져서 그런 것일지도 모르지만 짱유가 너무 착해서 감동적이었다. 아냐 나 죽 안 먹어도 된대. 갈비탕이나 선짓국처럼 기름지고 바로 피 되고 살 되는 거 먹어야 된대, 지흡 하면 피 많이 나서. 같이 순댓국 먹으러 가자. 어때? 나는 손아귀에 힘이 없어 옆으로 돌아누운 채, 휴대전화도 모로 세워 손으로 받친 채 한 글자 한 글자 정성껏 쳤다. 짱유의 답장은 또 한참 만에야 왔다.

그러자.

❖

내가 원하는 건 단순했다. 흔히들 하는 말이 있지 않은가, 들어갈 데 들어가고 나올

데 나오는 거. 내 식대로 말하면, 적어도 배보다는 가슴이 더 나와 보이는 거. 내가 너무 큰 걸 바라는 건가? 하지만 가슴이 커지기를 바라는 게 아니라 배가 들어가기를 바라는 것뿐인데.

고등학교 때부터 뭉쳐 다니던 여섯 명 가운데에서는 짱유 가슴이 제일 컸고 내 가슴이 제일 작았다. 같은 브랜드 브래지어로 짱유는 80F, 나는 75A에서 B 사이였다. 다 똑같은 교복을 입고 있을 때 친구들은 나를 부러워했지만 옷을 벗으면 짱유를 부러워했다. 야, 짱유는 가슴이 F컵인데 낌지는 배가 F컵이야. 누군가 그렇게 말하자 나머지가 깔깔 웃으며 메아리처럼 그 말을 반복한 적이 있었다. 배가 F컵이래. 아이고 배야. 웃어넘겼지만 당연히 상처 받았다. 옷 입고 있을 때는 짱유의 두꺼운 팔뚝과

허벅지를 지적했으면서.

짱유는 아마도 유치원 때부터, 어쩌면 그 전부터 통통한 애였겠지. 체질이란 그런 것이니까. 애초에 온몸이 통통했는데 2차 성징이 시작되면서부터 한군데에 두드러지게 살이 붙기 시작했겠지. 어쩌면 그건 축복이었겠지.

다른 애들이 나 말고 짱유를 계속 놀리기를 바랐다거나, 그게 옳다고 생각한 것은 아니었다. 여섯 명이 서로 다 친하긴 했지만 버스에 탈 때 같이 앉는 짝꿍 같은 존재가 각자 하나씩 있었는데, 내겐 그게 짱유였다. 키 제일 큰 애와 제일 작은 애, 가슴 제일 작은 애와 제일 큰 애. 겉보기엔 대조적일지라도 어쩐지 제일 말이 잘 통하고 결이 잘 맞는 한 쌍. 그게 나와 짱유였다. 처음부터 제일 친하지는 않았지만, 친해질 거라고 도저히 예상하지 못했지만, 의외의 공감대가 우리에게 있었다.

반 애들이 너한테도 가슴 2인치만 자기 달라고 하지?

응.

나한테도 맨날 키 5센치만 자기 달라고 해. 자기들 다 주면 나는 키 30센치 되라고?

투덜거리는 나에게 짱유가 웃어주었다. 그러게, 다 퍼주면 나는 가슴 움푹해지겠다. 그렇게 말하는 짱유가 마음에 들었다. 고등학교 1학년 신체검사 때였던가. 그때부터 나의 가장 친한 친구는 짱유였다.

짱유는 살집이 조금 있는 편이지만 그런 만큼 살성이 말랑말랑하고 부드러웠다. 이목구비가 특출나게 크고 또렷하지는 않았지만 오히려 그래서 귀염성이 있었다. 특히 웃을 때는 그 포동포동한 볼과 딱히

작지도 크지도 않은 눈코입이 부드러운 조화를 이루었는데, 어른들이 말하는 맏며느리 상이라는 게 이런 건가 싶은 느낌이었다.

고등학교에서 짱유라는 별명이 붙기 전까지 짱유의 별명은 미륵이었다. 국사였는지 도덕이었는지, 아무튼 사회 과목 계열 수업 중에 미륵불 얘기가 나왔는데, 선생님이 뜬금없이 짱유를 가리켰다고 했다. 너희들 돌미륵 본 적 있니? 쟤랑 똑같이 생겼어, 라고 하면서.

짱유라는 별명은 내 별명 낌지가 그렇듯 처음엔 단순히 이름 앞 두 글자에서 따온 것이었지만 나중에는 반에서 가슴이 제일 크다는 뜻이 붙었다. 유방 할 때 유, 짱은 뭐 그냥 짱이라는 뜻. 우리 반 애들은 꽃집 아가씨라는 옛날 노래를 짱유 주제가로

개사해서 복도에서 부르고 다녔다. 짱유의 찌찌는 짱 커요. 그렇게 클 수가 없어요. 남자 교사들은 헛기침을 하거나 아예 못 들은 척하며 지나쳤지만 여자 교사들은 꼭 한마디씩 지청구를 주었다. 얘들아! 너희는 부끄러운 것도 모르니? 특히 젊은 여자 교사일수록 성화였다. 그것도 다 성희롱이야! 그렇게 말할 때 교사들은 얼굴을 붉히거나 과장되게 눈살을 찌푸리고 있었다. 그런 표정이 더욱 재미있어서 우리는 뻔뻔하게 아닌데요! 모르겠는데요! 했고 우리를 다그친 교사들은 되려 민망해하며 짱유를 설득하려 했다. 얘, 니가 놀리지 말라고, 싫다고 제대로 말을 해야 될 거 아니야. 그러면 짱유는 미륵 출신답게 부드럽게, 또 난처해하며 웃기만 했다. 그러면 우리는 아 선생님이 괜히 지적하니까 더 이상해지잖아요, 하며 줄행랑을 쳤다. 짱유는 정말 아무렇지 않은 것 같았다. 다른 애들 말대로, 우리가 부르는 노래 자체는 아무렇지도 않은데 괜히 선생님이 끼어들어서 미안해하는 것 같았다.

말하자면 짱유는 성격도 생김새와 똑같았다. 괜한 분란을 싫어했다. 놀림을 받는 것과 놀림에 맞서는 것, 어느 쪽이 나은가 하면 짱유는 두 번 생각할 것도 없이 전자를 택하는 타입이었다. 짱유는 조용하고 참을성이 많고 화를 낼 줄 몰랐다. 친구들의 부탁을 거절하는 일도 거의 없어서, 반이 갈린 2학년 1학기 초에는 짱유네 반 담임이 나를 불러 면담을 하기도 했다. 유현이가 자꾸 다른 애들 대신 주번을 해주는데 혹시 작년에 따돌림 같은 게 있었니? 아니요, 짱유는 원래 성격이 좀 그래요. 해달라고 하면 그냥 해주는 게 편하대요. 저도 답답해서 그러지 말라고 여러 번 말했는데도 그래요.

그렇다고 짱유가 마냥 착하고 성실하기만 한 것도 아니었다. 짱유는 기본적으로 사랑받기를 좋아했고, 그래서 남의 심기를 거스르는 선택을 꺼리는 것뿐이었다. 그런 게 착해 보일 수도 있겠는데 나는 내가 생각해도 착한 편은 아니야, 짱유는 담담하게 말하곤 했다. 나도 보면 알지. 철저하게 나 이용만 하려는 사람하고 언젠가 내가 해준 만큼 갚을 사람 정도는 나도 구분할 줄 알아. 짱유가 그렇게 말하면 조금 소름이 돋기도 했다. 얌전한 고양이 부뚜막에 먼저 올라간다는 말이 짱유처럼 잘 어울리는 사람은 드물었다.

스무 살 넘어서 우리 여섯 명 중에 남자와 제일 먼저 잔 것도 짱유였다. 짱유가 나 아무래도 좀 뚱뚱하지? 살 좀 빼야겠지? 할 때마다 나머지 다섯이 달라붙어 야, 네가 뭘

몰라서 그런 거야, 남자들은 깡깡 마른 것보다 살집 좀 있는 거 좋아한대, 특히 너처럼 가슴 크고 살성 부드러우면 남자들이 아예 미쳐버린대, 절대 빼지 마, 이렇게 기를 쓰고 말리긴 했지만 정말로 짱유가 인기 있을 거라 예상한 사람은 아무도 없었다. 짱유는 남자와 잤다는 얘기도 담담하게 단체 대화방에다 했고, 성적도 성격도 생김새도 다양한 우리 여섯 중 비교적 조용하고 심심한 모범생에 속하던 짱유가 그 순간만큼은 일약 최고의 여자로 받들어졌다. 불과 몇 달 전까지만 해도 몇 반 누가 남친하고 잤다더라는 소문만 듣고도 그 여자애를 남자에 미친 년 취급하곤 했는데 스무 살이 되자마자 똑같은 경험을 영웅담 취급하게 된 것이 조금 우습기도 했지만, 그 첫 포문을 연 것이 다름 아닌 짱유라는 점이 우리에게는 더 중요했다. 그게 사실이었구나, 남자들은 정말 짱유처럼 좀 살집이 있어도 가슴이 큰 애를 좋아하는구나.

내가 당시 남자친구와의 무리한 여행을 추진한 이유도 절반쯤은 짱유 때문이었다. 내심 나와 대강 비슷하다고 생각했던 짱유가 나보다 훨씬 먼저 남자와 자다니. 그 사실에 동요하지 않았다면 그렇게 서두르지도 않았을 것이다.

우리끼리 자조적으로 개년들이라 이름 붙인 여섯 명 그룹 애들 가운데서 제일 예쁜 사람은 나도 아니고 짱유도 아니었다. 길을 가다 지나쳐도 돌아보고 싶을 만큼 예쁜 애들은 자기들끼리 모여 놀게 마련이니까. 그래도 우리 중에는 이만하면 예쁘다 싶은 애가 하나 있었고 평범한 애들이 나랑 짱유를 포함해 셋, 나머지 둘은 꾸미면 그래도 괜찮은 정도였다. 몸매나 패션 센스를 포함해서 생각해도 나와 짱유는 고만고만한 중위 그룹이었다. 그래도 어차피 사람 만날 때는 다 옷을 입고 만나니까, 옷발이 괜찮은 내가 그나마 짱유보다는 좀 낫지 않나 하는 게 내 솔직한 내심이었는데 그 믿음이 산산이 깨져버린 것이었다. 우리 중 처음으로 남자하고 잔 게 짱유라는 소식 때문에. 그로 인해 내 내면의 또 다른 목소리는 조금 더 힘을 얻어 커졌다.

역시 배보다는 가슴이 좀 더 나와야 하는 거 아닌가?

❖

수술 직후에는 배꼽에서 끊임없이 피가 흘러나왔다. 배에다 성인용 기저귀를 대고 상담할 때 잰 치수보다 조금 끼게 만든 압박복을 입고 있어야 했다. 내가 미쳤지, 지흡을 하려면 겨울에 했어야 하는데, 거의 여름 다 됐는데 괜히 돌아가지고. 피가 멈추는 데에 꼬박 하루 반 정도가 들었는데 배꼽에 물이 들어가면 염증이 생길 수 있다고 해서 방습 밴드를 붙이고도 시원하게 샤워를 할 수가 없었다. 샤워기로는 엉거주춤 팔다리만 씻고 몸통은 수건을 물에 적셔 닦아내야 했다.

수술 직후 일상생활을 할 수 있다는 지흡 후기들은 다 사기처럼 느껴졌다. 이렇게 배가 땡기고 아픈데 어떻게 침대에서 일어나 싸돌아다닌다는 거지? 지나고 보니 주말을 낀 금요일에 수술을 받기로 한 게 그나마 현명한 결정이었다. 화요일이나 수요일쯤 수술을 받았더라면 병가든 연차든 더 냈어야 할 테니까.

지옥에서 배를 대패로 갈아내는 형벌을

받는 듯한 통증이 일주일 정도 이어졌다. 토하거나 싸야 해서 아플 때와는 몹시 다른 감각이었지만 정도로 따지면 조개구이를 먹다 일으킨 토사곽란과 비슷했는데, 지속성 면에서는 그의 일곱 배나 되는 것이었다. 배에 핫팩을 붙이고 있는 듯이 열기가 느껴졌고 물수건으로 닦아야 조금 견딜 만했지만 그 효과도 오래는 가지 않았다.

말할 나위 없는 다채로운 곤란 속에 마침내 열흘이 지나 실밥 뽑는 날이 오기는 왔다. 피도 멈추고 통증도 많이 가라앉았지만 붓기 때문에 배의 모양은 크게 변하지 않은 것처럼 느껴졌고 통증이 남아 있는 부위는 거대한 두드러기처럼 솟아 있었다. 보기에만 거슬리는 게 아니었다. 살살 만져도 아팠고 만진 손에는 딱딱한 이물감이 남았다. 아무것도 넣지 않았고 오히려 빼는 수술을 했는데 마치 실리콘 같은 거라도 채워놓은 듯 이상했다.

실밥을 풀러 간 김에 간호사를 붙들고 물어보니 그건 지흡의 흔한 부작용인 바이오 본드라고 했다. 체질에 따라 다르지만 3개월에서 6개월 사이 완전히 풀어지니 안심하셔도 된다고. 그보다 치수를 재보니 어떻냐, 붓기가 아직 다 빠지지 않았는데도 배 둘레가 3.7센치나 줄었다. 나도 모르게 수술 비용을 떠올리게 되었다. 그럼 대체 1밀리당 몇만 원을 쓴 거냐…… 헛웃음을 참을 수가 없었다.

실밥을 빼준 건 원장이 아니라 간호사였다. 나한테선 받을 돈 다 받았고 더 해줄 것 없으니 더는 신경쓰지 않겠다는 의미로 느껴졌다. 응, 잘 아물었네. 혼잣말인 척 반말하는 간호사도 재수가 없었다. 그래도 잘 아물었다니 된 건가, 이제 배꼽에 방습 밴드 안 붙이고도 샤워 시원하게 할 수 있는 것만으로도 감사해야 하나.

집으로 돌아가는 길 지하철 안에서 당일배송 된다는 호박즙을 시켰다. 호박즙이 붓기 빼기에 좋고, 바이오 본드는 붓기 관리를 잘해줘야 금방 풀린다고 해서. 간호사는 왜 진작 드시지 않았느냐는 투로 호박즙을 권했고 나는 그렇게 중요한 거면 병원에서 팔든가 이 비싼 수술의 사후 관리 용품으로 처음부터 줬어야지 왜 나한테 지랄이냐는 생각을 속으로만 했다. 먹는 것뿐 아니라 마사지도 병행하면 좋다는 말이 떠올라 집앞 드럭 스토어에 들러 마사지볼을 샀다. 사는 김에 바디 미스트도 사고 리추얼 어쩌구 하는 바디 워시도 살까 말까 망설이다 내려놓았다.

그래도 집에 도착해 샤워기 아래에 섰을

때에는 상쾌했다. 실밥 뽑기 직전에는 방습 밴드를 피해 씻는 요령을 어느 정도 터득한 참이었지만 적어도 머리는 허리를 숙이고 감아야 했고 온몸을 동시에 물로 적시는 건 꿈도 못 꿀 일이었다. 비록 한 손으로 배꼽을 가린 채였지만 이마선 앞뒤로 흘러내리는 샤워기 물줄기로 온몸을 적실 수 있다는 게 새삼스레 감사한 일로 느껴졌다. 꼿꼿이 선 채 머리를 박박 감고 샤워볼에 바디 워시를 욕심껏 짜서 흰 거품으로 온몸을 덮었다. 문득 피하에 낀 지방도 다 수용성이면 좋겠다는 생각이 들었다. 비누 거품처럼 뱃살도 물에 다 녹아서 없어졌으면 좋겠다는 생각.

❖

우리 순댓국 언제 먹을까?

병원에서 고기 국물을 먹으라고 권한 건 수술 직후 하루 이틀까지였고 실밥까지 뽑은 이 마당에 더는 의미가 없는 약속이었지만 나는 짱유에게 그렇게 물었다. 다른 개념들은 빼고 짱유하고만 만날 핑계가 필요했다. 짱유와 단둘이 만나는 건 처음도 그렇게 드문 일도 아닌데 전에 없이 긴장이 되었다. 혹시 짱유가 내 속내를 눈치채고 피하지는 않을까 전전긍긍이었다. 짱유는 바쁜지 한참 만에 확인하고 답장했는데, 늦은 것치고는 의외의 내용이었다.

난 오늘 봐도 괜찮아.

약속 장소를 짱유가 다니는 병원 근처로 정했는데도 짱유는 늦었다. 여기 순댓국밥

맛집이야. 은근 유명해서 꽤 멀리서도 일부러 온대. 늦어서 미안하다고 하며 자리에 앉아 짱유는 차분히 말했다. 짱유의 말은 전부 사실일 터였지만 상황이 상황이어서 그런지 무슨 말이든 변명처럼만 들렸다.

몸은 좀 어때?

뭐 그럭저럭.

짱유는 순댓국에 들깻가루와 새우젓과 편 썬 청양고추를 바삐 풀며 물었고 나도 손이 바빠 대충 답했다. 과연 맛집다운 풍미를 내는 순댓국을 한 입 물고 나니 짱유가 다시 보였다.

너 살 빠졌다.

요즘 좀 피곤했나 봐.

어디서부터 어떻게 말해야 할까. 나는 짱유에게 따지려고, 최소한 경고라도 하려고 불러낸 것이었다. 지흡도 따지고 보면 성형수술인데 너한테만 털어놓은 예민한 문제를 함부로 다른 친구들에게 말한 거 섭섭했다고, 나빴다고, 다신 안 그랬으면 좋겠다고 할 생각이었다. 그렇지만 막상 짱유를 보니 입이 영 떨어지지 않았다. 짱유와 나는 그렇게 오래 알고 지내면서 단 한 번도 다투지 않았다. 짱유는 특유의 성격 때문에 그 누구와도 싸운 적이 없었고 나도 불만은 속으로만 곱씹다 삼키는 편이어서 짱유에게 딱히 싫은 소리를 한 적이 없었다. 무슨 말이든 하기는 해야 했다. 그릇이 반절은 빈 시점까지도 침묵이 이어지고 있었는데, 그 또한 우리 사이에 처음 있는 일이었다. 짱유는 분명 내가 뭔가 말하려 한다는 사실을 눈치챘을 것이었다.

너 혹시 나 살 빠지는 거 경계해?

뭐라고?

아니, 견제해?

그렇잖아. 왜 그딴 걸 말하고 다니냐고. 내가 비밀이라고 말 안 한 것도 아닌데.

내뱉고 보니 유치하기 짝이 없었고 그대로 멈추자니 입에서 나온 말을 따라 부아가 났다. 짱유는 숟가락을 내려놓고 나를 빤히 보았다. 그렇게 쳐다보면 네가 어쩔 건데? 할 말 있으면 해보든가. 나는 짱유의 눈을 피하지 않고 되쏘아보며 속으로 말했다. 짱유는 천천히 말했다.

애초에 너는 나한테 왜 그 얘기를 했어?

그게 무슨 말이지? 제일 친하다고 생각했으니까 말했지, 당연히. 수술은 무섭고 너는 착하고 우리는 친하니까 얘기했지. 헛웃음이 나왔지만 헛기침인 척 고개를 돌리고 입을 가렸다.

내가 너한테 그런 얘기도 못 해?

내가 너 지흡 한 걸 왜 알아야 돼?

정말이지 역대 최고로 짱유답지 못한 말처럼 들렸지만 당사자인 짱유는 아무렇지 않게 말하고 있었다.

누가 봐도 네가 훨씬 날씬하고 나는 뚱뚱한데 네 몸매 관리하는 얘기를 왜 뚱뚱한 나한테 하냐고. 나는 너야말로 나 견제하는 것처럼 느껴져. 내가 살 빼고 싶다고 했을 때, 너도 그렇고 다들 뭐라고 했어? 나는 그냥 지금이 보기 좋다고 절대 빼지 말라고 했잖아. 나한테는 살 빼지 말라고 하고 너네는 다 다이어트하더라?

그게 무슨 또라이 같은 소리야? 하지 말란다고 진짜로 다이어트 안 한 것도 아니잖아.

지흡 얘기는 왜 제일 뚱뚱한 나한테만 했어? 나도 돈 있으면 수술하라는 뜻이야?

내 몸은 네가 보기에 수술이 필요해 보여? 왜냐하면 너보다 뚱뚱하니까? 나는 뚱뚱해서 그런 정보 필요할 것 같았어?

장유현, 너 지금 개또라이 같아.

그냥 이것만 대답해봐, 너 내가 너보다 뚱뚱하다고 생각하지? 솔직히 나보다는 네가 낫다고 생각하지?

함부로 대답할 수가 없어 망설이는 사이 짱유는 가방을 들고 자리에서 일어났다.

나는 다 지겨워, 이제.

자기 밥값만 따로 결제하고 가게를 나서는 짱유를 차마 붙잡을 수가 없었다. 어이가 없었고 화도 났고 슬프기도 했다. 모든 감정이 전부 내가 감당할 수 있는 한계치를 훌쩍 지나쳐 있었다. 하지만 반쯤 남은 순댓국이 그렇듯 내 머리도 식었다. 식을 수 있었다. 나는 그냥 왜 내 비밀을 떠벌렸는지만 따지려 했는데, 적반하장으로 내가 자기를 무시한 것처럼 말하다니, 객관적으로 짱유가 잘못한 상황이 분명해 보였다.

누구한테든 이 상황을 알리고 싶어 휴대전화를 들었다. 단체 대화방에 또 200개가 넘는 메시지가 와 있었다. 혹시 짱유가 대화방에서도 깽판을 치고 있는 것일까, 조마조마한 한편 이상하게도 기대감이 들었다. 예상은 보기 좋게 빗나갔다. 대화방 상단에 표시된 대화 참여자 수가 6에서 5로 줄어 있었고, 개년들도 그 얘기를 하고 있는 중이었다. 낌지 혹시 짱유 왜 나갔는지 알아? 다시 초대해도 계속 나가네. 나는 방금 있었던 일에 대해 짧게 보고했다. 짱유랑 만나서 좀 싸웠는데 짱유가 일방적으로 다 지겹다고 하고 가버렸다고. 진짜? 말도 안 돼, 다른 사람도 아니고 짱유가…… 개년들은 저마다 한마디씩 했지만 대화는 더 이어지지 않았다.

나는 다 식은 순댓국을 몇 술 더 뜨다가 내 몫을 계산했다. 대화방에는 아직 새 메시지가 없었다. 식당을 나오는 길에 새롭고 불길한 가능성 하나가 문득 뇌리를 스쳤다.

혹시 이 개년들 나 빼고 새로 대화방 만든 거 아니야?

에이 설마 하며 한참을 걸었지만 메시지는 오지 않았다. 몇 걸음인가 뗄 때마다 계속 휴대전화를 뒤집어 보았지만 새 메시지는 결코 오지 않았다.

불현듯 살면서 단 한 번도 겪어본 적 없는 복통이 배꼽에서부터 번져 온몸을 덮쳤다.

작가의 말

몸은 가장 오래된 마음의 병

전화를 걸면 모친은 마무리 인사로 늘 이 말을 한다. 요즘 운동 좀 하니? 오랜만에 만나면 모친은 이렇게 말한다. 너 또 살 쪘니? 나도 안다, 모친이 염려하는 것은 내 건강이라는 사실. 그렇다고 모친이 나의 모양을 전혀 신경 쓰지 않는 건 또 아니다. 그래도 한 살이라도 어릴 때 좀 더 예뻐봐야지…… 이런 말도 모친은 한 적이 있다. 나는 이런 말에 큰 스트레스 없이 대꾸하는 요령을 터득했다.

그럼 좋지~

사랑할 때 몸은 관능의 전쟁터가 된다. 상대방에게 미의 화신처럼 보이고 싶은 욕망은 인지상정. 나는 내 몸이 이상적이지 않다는 사실을 의식한다. 옷을 벗을 때, 씻을 때, 함께 누울 때, 내 몸이 더는 숨겨지지 않는 '결정적 순간'에 노출될 때, 위기감과 수치심은 사랑의 기쁨을 가볍게 짓누르며 쇄도한다. 그렇지만 가슴이 크니까…… 괜찮지 않을까? 오랜 콤플렉스로 여겨온 육중한 유방을 별안간 무기 삼는 모순. 나는 상대가 나를 사랑한다는 사실을 안다. 나도 그를 사랑하기에 그에게서 결점을 발견하려 애쓰지 않는다. 마치 나는 몸이고 상대방은 오직 눈인 것처럼. 나는 보이고, 보여줄 수만 있다. 이

구도를 벗어난 관계 맺음은 몹시 어렵다. 나는 나보다 더 자기 몸을 불안해하는 상대를 거의 만나본 적 없기 때문이다.

지금은 무슨 생각을 해?

이렇게 묻는 연인에게 그렇게 대답한 적이 있다.

나는 내 피부 바깥으로 0.1밀리미터도 나갈 수 없다는 사실을 생각해.

하여 몸은 내가 아니지만 나는 몸이다.

내가 아는 대부분의 곤란은 여기에서 비롯되었으며, 모든 곤란은 저마다의 이야기를 지니고 있다는 사실을 믿는다.

2024년 가을

박서련

박서련 작가 인터뷰

Q. 올해 출간된 작품들이 정말 다양하고 많은데요, 그만큼 작가님의 창작 여정에서 특별한 변화나 계기가 있었을 것 같아요. 독자들에게도 즐거운 선물이지만, 무엇보다 작가님 자신에게 그 어느 해보다 특별한 해였을 것 같습니다. 특히 1년에 책 한 권을 내는 것을 목표로 삼으셨던 만큼, 올해의 엄청난 생산력은 예상하지 못했던 부분일 수도 있을 텐데요. 올해의 창작 폭발이 작가님에게 어떤 의미로 다가왔는지, 창작에 있어 새로운 전환점이 된 순간이 있었는지도 듣고 싶습니다.

A. 창작 자체는 예년과 비슷한 수준으로 한 것 같아요. 올해 나온 책들이라 해도 원고는 작년, 재작년에 이미 마련되어 있던 경우가 꽤 되거든요. 그래서 다 감당할 수

있을 줄 알고 차례차례 책을 냈지만……
돌이켜보면 작업 같이 하는 편집자님들께
폐를 많이 끼쳤습니다. 아직 예정된 일이 다
안 끝나서 섣불리 말하긴 어려운데, 아무래도
저는 이 한 해를 "다신 이러지 않기의 해"로
기억하게 될 듯합니다.

그런데 이 와중에도 하나 깨달은
점이 있다면, 그건 제가 소설 쓰기를 무척
좋아한다는 것입니다. 지난 얼마간은
일이라서 당연히, 라는 느낌으로 쓰고
있었던 것 같아요. 물론 일이니까 열심히
해야겠다는 책임감도 직업적 자의식의 중요한
부분이지만, 애초에 이 일을 왜 하려 했나를
생각하면 일을 조금 더 소중히 생각하게
된다고 할까요.

Q. 한강 작가님의 노벨문학상 수상 소식에 감회가 남다르셨을 것 같아요. 고등학생 때 야자시간에 한강 작가님의 소설을 필사하셨었다고요. 최근 미국의 대형 출판사 하퍼콜린스에서 《마법소녀 은퇴합니다》가 영어로 번역 출간되기도 했는데요. 한국문학이 점점 더 글로벌한 무대에서 주목받고, 번역을 통해 더 많은 독자들에게 다가갈 수 있게 된 것에 대해 어떤 생각을 가지고 계신가요? 한강 작가님의 노벨문학상 수상 소식을 들으셨을 때, 세계로 뻗어나가는 K-문학의 흐름 속에서 느끼셨을 소감이 궁금합니다.

A. 저는 한강 선생님을 제 한국문학 첫사랑이라고 표현하곤 해요. 그 전까지는 동시대 한국문학보다 세계 고전을 더

좋아했거든요. 소설 쓰는 친구들의 추천으로 한강 선생님의 작품을 처음 읽었을 때, 몹시 아름다운 곡의 절창과 벽력같은 호통을 동시에 들은 느낌이었어요. 이렇게 아름다운 소설이 있구나. 우리말로 이런 글을 쓸 수 있구나. 왜 여태 그걸 몰랐을까, 정신이 번쩍 드는 듯했습니다. 그로부터 대략 20년이 지난 오늘날…… 한강 선생님의 소설들이 나에게만, 모국어를 공유하는 우리에게만 아름다운 게 아니었구나 하는 증언을 들은 것 같아 벅찬 마음입니다. 그건 같은 언어로 소설을 쓰고 있는 후배 작가들, 그러니까 말하자면 저와 같은 사람들에게도 너무나 의미가 깊은 메시지예요. 말씀하신 것처럼 제 소설도 조금씩 다른 언어로 번역되어 나가고 있는데, 한강 선생님을 비롯해 앞서 해외에 진출한 작가님들께 누가 되지 않았으면 하는 걱정도 조금은 있어요. 같은 K-문학인데 그 소설은 그렇고 이 소설은…… 이렇군, 그런 반응에 대한 걱정. 제가 존경하고 사랑하는 선생님들의 소설을 자랑스러워하듯(저는 거기에 한 획도 보태지 않았/못했음에도) 선생님들께 저의 소설도 그랬으면 좋겠다는 마음도 있습니다. 이건 아마 욕심이겠지만요.

Q. 《몸몸》이라는 제목이 무척 독특하고 흥미로운데요, 왜 '몸'이 아닌 '몸몸'이라고 붙이셨는지 그 배경이 궁금합니다. 두 번 반복된 '몸'이 어떤 의미를 담고 있는지, 혹은 독자들에게 어떤 메시지를 전달하고 싶으셨는지 듣고 싶습니다. 또한 《호르몬이 그랬어》《당신 엄마가 당신보다 잘하는 게임》《나, 나, 마들렌》 등 작가님의 작품들을 보면 작품의 분위기나 메시지를 함축적으로 잘 표현하면서도 매력적인 제목들이 인상적인데요, 이런 제목들은 어떻게 떠올리시나요? 제목을 정하는 과정이나 영감을 얻는 방법이 궁금합니다.

A. 제목 짓기를 늘 어려워해요. 그래서 제목이 인상적이라는 말씀에 조금 머쓱해지네요. 질문에서 예시로 말씀해주신

작품들의 경우 모두 제목부터 떠오른 것들인데, 이야기와 제목이 동시에 떠오르지 않은 경우에는 원고를 다 쓰고도 한참 동안 끙끙거리게 됩니다. 소설의 내용과 분위기를 효과적으로 담아내면서도 뻔하지 않은, 그러면서도 읽고 싶은 제목이어야 한다는 욕심을 부리게 되어서요.

《몸몸》은 제목을 비교적 늦게 지은 소설이에요. 몸에 대한 소설이니 제목에 '몸'이라는 단어가 들어가면 좋겠다는 생각을 했고…… 실은 아예 '몸'이라고만 하면 어떨까? 그런 생각도 잠깐 했습니다. 우리가 아는 많은 위대한 소설들이 단어 하나로 된 제목을 갖고 있잖아요. 제목 짓기의 전략으로나마 그런 소설들과 한번 나란히 놓여보고 싶다는 욕망이 없지 않았는데…… 그럴 경우 오히려 단어 하나의 무게가 어마어마하게 커져서 감당이 안 될 것 같더라고요.

그래서 귀엽게(?) 두 번 쓰는 걸로 우회해보았습니다. 《봄·봄》처럼요. 한 단어를 반복해 말하면 어쩐지 익살스럽고 리듬감이 느껴지기도 하고, 같은 말을 여러 번 쓰거나 읽다 보면 그 말의 모양과 소리가 낯설게 느껴지잖아요. 《봄·봄》에는 가운데에 점이 들어가긴 하지만…….

Q. 《몸몸》을 처음 접했을 때, 외모지상주의에 대한 비판과 바디 포지티브 메시지를 담은 소설이라고 생각했는데요, 실제로는 '몸'이라는 감옥 속에 단단히 갇혀버린 '마음'에 관한 이야기가 더 본질적이라는 인상이 강하게 듭니다. 〈작가의 말〉에서 "몸은 가장 오래된 마음의 병"(65쪽)이라고 표현하셨고, "나는 내 피부 바깥으로 0.1밀리미터도 나갈 수 없"(67쪽)는 존재로 묘사하셨는데요, 이런 표현들이 작품에 담긴 깊은 통찰을 드러내는 것 같아요. SNS에서도 이 작품을 "몸이라는 정신병에 대한 이야기"라고 소개하셨는데요, 이 소설을 쓰시게 된 이유과 배경에 대해 말씀해주실 수 있을까요?

A. 《몸몸》은 제가 제 몸과 한창 불화하던 시절을 떠올리면서 쓴 소설이에요. 자기 몸에 대한 불만은 많은 사람들, 거의 모든 사람들이 겪어보았을 거라 확신하면서 썼습니다. 그런데 그걸 굳이 타인과 공유하지는 않지요. 내 몸의 모양과 그들 몸의 모양이 다르다는 것을 알고, 그렇기에 이 몸의 불만과 저 몸의 불만이 지닌 크기와 모양도 다르다는 것을 우리는 알고 있으니까요. 중요한 건 불만의 형태가 아니라, 누구나 그런 불만이 '있다' 혹은 '있었다'는 것입니다.

제가 스스로를 긍정하는 이유에는 여러 가지가 있지만 그 이유 가운데 저의 몸은 없어요. 적어도 아직까지는. 제가 저의 몸을 근거로 저를 사랑하지는 않는다는 것이 제게 자기긍정이 부족하다는 의미는 아니고, 제가 저의 몸을 미워한다는 의미도 결코 아닙니다.

어느 쪽이냐 하면 저는 바디 포지티브도 네거티브도 아닌 '바디 그대로티브'(방금 만든 말)인 것 같아요. 이건 제가 제 몸을 오랫동안 미워한 후에 겨우 다다른 합의점인데, 제 몸과 저는 이제 마치 크게 싸운 적도 없고 싸움을 걸어볼 만큼 친해본 적도 없는 서먹한 친척 같아요. 그런데도 저는 늘 제 몸과 함께 있고요. 이 어색한 동거를 늘 기이하게 생각하고 있습니다.

Q. 입체적인 캐릭터들의 복잡한 심리를 굉장한 밀도로 그려내어 읽는 내내 숨 막히는 긴장감을 느꼈습니다. 다소 위악적으로 느껴질 만큼 과격한 표현과 비속어를 많이 사용하셨는데요, 그만큼 캐릭터의 심리 상태와 감정의 강도가 생생하게 전달된다고 느꼈어요. 독자가 작품의 주제를 깊이 이해하도록 돕기 위한 전략일 텐데요, 독자들이 어떤 감정을 느끼기를 바라셨을까요?

A. 저는 독자님들이 주인공 낌지에게 조금쯤은 공감하고, 조금쯤은 비웃거나 동정하기도 하고, 또 얼마간은 화가 나길 바랐어요. 몸에 대한 불안과 긴장이 극도로 과장된 상태인 인물에게서 스스로를, 또는 주변 누군가를 떠올려볼 수 있을 거라

기대했고요. 그 불안과 긴장, 욕망은 의외로 몸 자체에서 비롯되는 것이 아니라는 점을 떠올릴 수 있다면, 위 질문에서 말씀하신 것처럼 외모지상주의에 대한 비판과 바디 포지티브에 대한 소설이라 읽을 수도 있겠지요.

Q. 작가님께서 한 인터뷰에서 언급하셨던 것처럼, 그동안 쓰신 소설 속 인물들과는 "전혀 닮지 않았다"고 말씀하셨지만, 〈작가의 말〉에서 "나는 나보다 더 자기 몸을 불안해하는 상대를 거의 만나본 적 없"(67쪽)다고 하신 부분이 인상적입니다. 이번 소설에서는 작가님 자신과의 연결점이 좀 더 명확하게 드러나 있는 것이 아닐까 하는 생각이 들었습니다. 작가님의 '몸'과의 관계는 그 자체로도 중요한 주제일 것 같은데요, 그동안 '몸'과 얼마나 치열하게 싸워오셨는지, 그리고 혹시 이제는 화해하셨는지 궁금합니다. '몸'과의 투쟁에서 작가님이 어떤 경험을 하셨고, 그것을 어떻게 글로 풀어내셨는지, 그 투쟁의 역사를 들어보고 싶습니다.

A. 할 얘기가 너무 많은데요! 저는 초등학교 1학년 때 녹용을 고아 먹은 적이 있어요. 운동회 달리기 시합에서 제가 넘어지는 걸 저희 아버지가 보시고, 애 몸이 너무 허약하다며 내린 결정이었어요. 초등학교 3학년까지는 전교에서 키가 두 번째로 작은 사람이 저였어요. 대부분의 1~2학년생보다도 작았거든요. 4학년 올라갈 즈음 제가 세 번째가 되었는데 그건 제가 자라서가 아니라 제 동생이 입학했기 때문이에요. 그러다 4학년 2학기에 갑자기 키가 쑥 컸어요. 어머니가 정말 기뻐하셨어요. 그런데 키만 큰 게 아니라 살도 찌고, 살만 찐 게 아니라 가슴도 너무 빨리 자랐어요. 5학년 때 초경을 하고, 중학교 입학할 즈음 이미 어머니보다 큰 컵 브래지어를 입게 되었고...... 이런 식으론 끝이 없겠네요. 《몸몸》에 나온

낌지와 짱유 중 저는 짱유 쪽에 가깝습니다.
몸의 모양과 그 연대기를 따진다면 말이에요.

2차 성징 무렵부터 저는 사람들이 저를 쳐다본다고 느낄 때, 내가 뚱뚱해서 쳐다보는 걸까 가슴이 커서 쳐다보는 걸까를 늘 불안해했어요. 필요 이상으로 시선을 의식하는 편이다 보니 저도 남의 몸을 늘 궁금해했던 것 같습니다. 이 친구는 충분히 날씬한데 왜 살을 더 빼고 싶다는 걸까, 저 사람은 키가 커서 바지 기장 수선 안 해도 되겠네 부럽다, 그런 생각들. 경험상 그 어떤 누구도 자기 몸에 불만이 전혀 없는 상태로 살아가지 못해요. 이미 이상적으로 보이는 신체의 소유자가 자기와 비슷한 종류의 불안을 안고 살아간다는 사실이, 대부분의 사람들에게는 잘 납득되지 않을 거고요. 실은 제가 '바디 포지티브'에 회의감을 느끼는 이유도 이 맥락에 있어요. 인간의 욕망은 끝이 없고 몸에 대해서도 마찬가지인데, 살아온 세월만큼 몸에 누적된 불안과 불만들을 긍정으로 바꾸려 애쓰는 것은 새로운 종류의 강박이 될 수도 있다는 생각입니다.

성장이 그랬듯 노화도 제 몸을 계속해서 바꿔놓을 거고 몸의 모양이 바뀔 때마다 몸에 대한 저의 태도도 아마 늘 같지는 못할 거예요. 따라서 몸에 대한 글쓰기는 끝없이 이어질 수 있지 않을까, 그런 생각을 합니다. 이 생각에는 기대감과 불안감이 반씩 섞여 있는 것 같아요.

Q. "친구들이 잘 가르친다고 해서 다닌 학원, 수능 점수에 맞춰 들어간 무난한 대학과 그럭저럭 전망이 괜찮은 전공, 대충 나더러 좋다고 하길래 따져보니 같이 다니기 쪽팔리진 않을 듯해서 만났던 남자들, 지원서 수백 장을 살포하고서야 겨우 얻어 최선도 차선도 아닌 직장." 낌지의 "지나온 선택들"은 자신이 진정으로 원하는 것보다는 사회의 기준과 타인의 기대에 맞춘 것들이었어요. 그런데 인터넷에 올라온 다이어트 후기 글을 보다가 지방흡입을 결심하면서 "살면서 이렇게까지 확신에 차 있던 적이 얼마나 되지?"(30쪽)라고 말하며 난생처음 완벽한 낙관을 맛봅니다. 물론 그 확신이 진정으로 낌지가 원했던 것인지에 대한 의문도 남지만, 그 순간만큼은 인생에서 확신을 느낀 드문 경험이었죠. 작가님께서도 살면서 낌지가

느꼈던 것처럼 강한 '확신'을 경험한 적이 있는지 궁금합니다. 그 확신이 작가님의 삶에서 어떤 선택이나 결정과 관련된 것이었는지 듣고 싶습니다.

A. 대학교 자퇴……. 이 결정에 대해서는 후회할 때도 있고 자부할 때도 있지만 결정하고 실행할 동안에는 정말 또렷한 확신을 지니고 있었습니다.

Q. 지방흡입 수술을 결심한 낌지가 그 순간 느낀 감정은 사뭇 비장하고도 희망찬 마음이었겠지만, 과연 수술 후 그녀의 삶이 어떻게 달라졌을지에 대한 질문은 흥미로운 동시에 중요한 부분입니다. 낌지가 "이제부터는 모든 게 달라질 거야"(35쪽)라고 확신하며 수술 동의서에 서명했지만, 수술 후 그녀의 삶이 실제로 얼마나, 어떻게 변했는지는 또 다른 이야기일 수 있습니다.

외모의 변화는 그녀가 사회에서 느끼는 자신감에 영향을 미칠지 모르지만, 낌지가 본질적으로 원하는 변화가 단순히 외적인 것이었는지, 아니면 그보다 더 깊은 내적인 변화가 필요했던 것인지에 대한 고민이 따릅니다. 수술 후 과연 낌지의 인생은 어떻게 바뀔까요? 정말 모든 게 달라질까요?

A. 글쎄요, 그건 전적으로 낌지의 마음에 달린 것이어서. 외부에서 보기에 낌지는 크게 달라지지 않은 것처럼 보일지도 몰라요. 몸의 모양 차원이 아니라 정신적인 차원에서요. 지흡 사후 관리를 잘해서 콤플렉스를 극복할 수도 있고 지흡 후유증으로 생긴 바이오 본드 때문에 그 전보다 더 큰 스트레스를 받게 될 수도 있지요. 둘 중 어느 쪽도 아닌 다른 경우의 수가 있을 수도 있고요. 어느 쪽이든, 친구들은 낌지가 달라졌다고 느낄까요? 낌지가 자기의 몸을 어떻게 생각해왔는지를 정확히 알고 있는 사람은 낌지 자신뿐이어서 기존의 주변인들이든 앞으로 관계 맺을 사람들이든 낌지의 변화를 눈치챌 사람은 거의 없을 거라고 생각합니다. 그리고 그, 사실은 아무것도 달라지지 않았다는 사실이 다시 낌지에게 파도처럼 돌아와 미칠 영향.

낌지와 낌지가 인식하는 현실을 진짜로 변화시킬 수 있는 가능성은 이 반향에 있지 않을까 상상해봅니다. 소설 마지막에서 이미 친구를 한 명 잃었기 때문에 (극적으로 화해할 수도 있지만……) 이미 변화는 시작된 거라 볼 수도 있겠지요. 어쨌든 우리의 낌지가 별로 호감 가는 주인공은 아니긴 하지만, 그의 긍정적인 변화를 응원하고 싶습니다. 낌지와 저는 겉보기에 서로 닮지 않았겠지만, 제 마음의 훼손된 부분과 그 마음의 그늘진 부분은 무척 비슷할 거라서요. 한데 겹쳐 함께 구겼던 종이들처럼.

한 조각의 문학, 위픽 wefic

구병모 《파쇄》
이희주 《마유미》
윤자영 《할매 떡볶이 레시피》
박소연 《북적대지만 은밀하게》
김기창 《크리스마스이브의 방문객》
이종산 《블루마블》
곽재식 《우주 대전의 끝》
김동식 《백 명 버튼》
배예람 《물 밑에 계시리라》
이소호 《나의 미치광이 이웃》
오한기 《나의 즐거운 육아 일기》
조예은 《만조를 기다리며》
도진기 《애니》
박솔뫼 《극동의 여자 친구들》
정혜윤 《마음 편해지고 싶은 사람들을 위한 워크숍》
황모과 《10초는 영원히》
김희선 《삼척, 불멸》
최정화 《봇로스 리포트》
정해연 《모델》
정이담 《환생꽃》
문지혁 《크리스마스 캐러셀》
김목인 《마르셀 아코디언 클럽》
전건우 《앙심》
최양선 《그림자 나비》
이하진 《확률의 무덤》
은모든 《감미롭고 간절한》
이유리 《잠이 오나요》
심너울 《이런, 우리 엄마가 우주선을 유괴했어요》
최현숙 《창신동 여자》

연여름 《2학기 한정 도서부》
서미애 《나의 여자 친구》
김원영 《우리의 클라이밍》
정지돈 《현대적이라고 말할 수 없는 죽음들》
이서수 《첫사랑이 언니에게 남긴 것》
이경희 《매듭 정리》
송경아 《무지개나래 반려동물 납골당》
현호정 《삼색도》
김 현 《고유한 형태》
이민진 《무칭》
김이환 《더 나은 인간》
안 담 《소녀는 따로 자란다》
조현아 《밥줄광대놀음》
김효인 《새로고침》
전혜진 《고르디우스의 매듭을 자르면》
김청귤 《제습기 다이어트》
최의택 《논터널링》
김유담 《스페이스 M》
전삼혜 《나름에게 가는 길》
최진영 《오로라》
이혁진 《단단하고 녹슬지 않는》
강화길 《영희와 제임스》
이문영 《루카스》
현찬양 《인현왕후의 회빙환을 위하여》
차현지 《다다른 날들》
김성중 《두더지 인간》
김서해 《라비우와 링과》
임선우 《0000》
듀 나 《바리》
한유리 《불멸의 인절미》
한정현 《사랑과 연합 0장》
위수정 《칠면조가 숨어 있어》
천희란 《작가의 말》
정보라 《창문》
이주란 《그때는》
김보영 《헤픈 것이다》
이주혜 《중국 앵무새가 있는 방》

정대건 《부오니시모, 나폴리》
김희재 《화성과 창의의 시도》
단　요 《담장 너머 버베나》
문보영 《어떤 새의 이름을 아는 슬픈 너》
박서련 《몸몸》

위픽은 위즈덤하우스의 단편소설 시리즈입니다.
'단 한 편의 이야기'를 깊게 호흡하는
특별한 경험을 선사합니다.

이 작은 조각이 당신의 세계를 넓혀줄
새로운 한 조각이 되기를.
작은 조각 하나하나가 모여
당신의 이야기가 되기를.

당신의 가슴에 깊이 새겨질
한 조각의 문학, 위픽

 - 71

몸몸

초판 1쇄 발행 2024년 11월 13일
초판 3쇄 발행 2025년 3월 25일

지은이 박서련
펴낸이 최순영

출판2 본부장 박태근
스토리 팀장 김소연
편집 곽선희 김다인 김해지
디자인 이세호

펴낸곳 ㈜위즈덤하우스 **출판등록** 2000년 5월 23일 제13-1071호
주소 서울특별시 마포구 양화로 19 합정오피스빌딩 17층
전화 02) 2179-5600 **홈페이지** www.wisdomhouse.co.kr

ISBN 979-11-7171-722-4 04810
979-11-6812-700-5 (세트)

값 13,000원